Anonymus

Summarischer Inhalt der Lebens und Wundertaten des

heiligen Bauersmanns Isidori

Anonymus

Summarischer Inhalt der Lebens und Wundertaten des heiligen Bauersmanns Isidori

ISBN/EAN: 9783743603431

Hergestellt in Europa, USA, Kanada, Australien, Japan

Cover: Foto ©Raphael Reischuk / pixelio.de

Weitere Bücher finden Sie auf **www.hansebooks.com**

Summarischer Innhalt/

Deß Lebens vnd Wunderthaten deß heiligen Bawrsmanns

ISIDORI.

Vom Pabst Gregorio dem
XV. diß Namens zu Rom bey S.
Peter im 1622. Jahr den 12. Martij Canoniziert/ vnd in die Zahl der
Heiligen GOttes erhebt.

Auß warhafften vnd bewehrten Processibus in Jtaliantscher Sprach zusamen
versetzt/ vnd jetzt das andermal in
Teutsch nachgedruckt.

Cum facultate Superiorum.

Gedruckt zu München/ bey
Johann Wilhelm Schell/
Im Jahr/ 1660.

S. ISIDORVS Agricola, Madriti mira-
culis clarus, anno. 1170.

Dem Hochwürdigsten / Hoch-
gebornen Fürsten vnd Herren /
Herren

Frantz Wilhelm /

Der H. Röm. Kirchen Prie-
stern Cardinal / Bischoffen zu Re-
genspurg / Oßnabruck / Münden vnnd
Verden / deß H. Röm. Reichs Fürsten /
Der Ertzbohen Thumb vnd vralten Stiff-
ter / Cölln / Freysing / Bonn / vnd Alten-
Deting / respectivè Ertz-Diacon, Probst /
vnd Thumb-Capitularn / Grafen zu
Wartenberg / vnd Schaumburg /
Herren zu Wald vnnd
Hachenberg / rc.

Vnserm Gnädigsten Fürsten / vnd
Herren / rc.

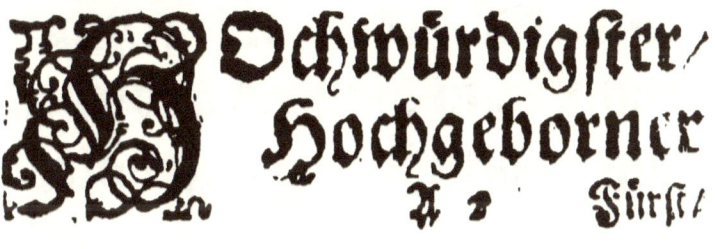

Ochwürdigster /
Hochgeborner

DEDICATIO.

Fürst/ gnädigster Herr.
Was sich einest mit dem Groß-
mächtigen Persischen König
Artaxerxes ereignet: in dessen
Geschichten man liset/ daß sich
bey vnnd nechst andern seinen
Reichs-Vnderthanen/ so mit
köstlichen Geschänck-vnd Præ-
senten / jhre vnderthänige
Pflichte etlicher massen abzule-
gen/ den König beehrten/ auch
ein Baversmann eingefunden/
welcher/ weil er seine schuldige
trewe Dienst anderst nicht er-
weisen möchte; ein frischen
Trunck Bachwassers in beeden
Händen dem König anerbotté/

vmb

DEDICATIO.

vmb sich hiemit/ so wol der allgemeinen Reichs-Frewde / als
auch deß Königlichen Gunstes/
zum wenigsten durch seinen vnderthänigen Willen / theilhafftig zumachen : Was sich nun/
sage ich/ dermaleins mit Artaxerxes zugetragen / bedunckef
mich/ werde ebenfals an Ewer
Hoch Fürstl. Eminentz
viser Zeiten bewähret : in deme
sich bey allgemeinem Frolocken/
deß gantzen Hoch- ja auch Nidern Teutschlandes / wegen der
an Ewer Hoch Fürstl. Eminentz nechst vbersand-

DEDICATIO.

ten hochwürdigsten Purpur/ vnnd hochverdienten Cardi= nalats Ehren = Huet/ heute auch ein einfältig = doch heiliger Batversmann (vnd ist diser der H. Isidorus) wo nicht mit eigenen Händen/ doch ge= wißlich durch seine eigene Gli= der/ ich will sagen/ durch seine löbliche Bruderschafft/ Ewer Hoch Fürstl. Eminentz einen hellen Trunck Wassers/ neinblich/ seiner Heiligen Ein= falt/ vnd vnverfälschten From= keit oberreichen will; vmb hier= durch seiner Bruderschafft Gli= der

DEDICATIO.

der gegen Ewer Hoch-
Fürstl. Eminentz höchst-
verpflichte Dienstbarkeit in etwas zuersetzen.

Gleich wie dann nun erstge-
melte Bruderschafft allhier zu
Alten = Oeting / welche sich
auß keinem anderen Antrib dise Vbergab zuthun vnderwun-
den / als Ew. Hoch Fürstl.
Eminentz mit selbiger ih-
rer Pflichte nach / vnderthänigist zuhuldigen / demütigist ver-
langet ; es wolle E. Hoch F.
Eminentz gnädigist geru-
hen / selbige Ihrer Hoch Fürstl.

A 4   Mil-

DEDICATIO.

Willigkeit nach auffzunemmen/ vnd Ihrer gnädigsten Augen zuwürdigen; als ist sie bereit/ eine so erhebliche HochFürstliche Gnad vnnd Wolthat in die Ewigkeit danckbarlichist einzuverleiben: den höchsten GOtt demütigist ersuchende; Er wolle Ewer HochFürstl. Eminentz zu grösten Trost onseres Teutschen Vatterlandes/ zu Nutz vnnd Auffnemmung deß gantzen Christenthumbs / wie auch / zu höchsten Ehren der Heil. Röm. Kirchen/vnd dann zu sonderen Ehren vnserer loblichen

DEDICATIO

lichen S. Isidori Bruderschaft/
noch ferrners auff lange Jahr
vergönnen vnd erhalten. Alten Oeting den 23. Junij deß
1660. Jahrs.

Ewer HochFürstl.
Eminentz

Vnderthänigist vnd demütigste

Hieronymus Metzger/
Churfl. Mautambts Ge-
genschreiber zu Newen-
Oettingen/ vnnd der Zeit
Vorsteher S. Isidori Bru-
derschafft.

A 5   Kur-

Kurtzer Bericht /

Von dem Glorwür-
digen Leben vnnd Wandel
deß H. Isidori / Bawers-
manns zu Madrit.

JN alle Orth der Welt erstrecket sich mit grosser Verwunderung die Allmacht vnnd Vnermeßlichkeit Gott deß Allmächtigen gegen seinen lieben Heiligen. Mirabilis DEVS in sanctis suis. Wunderbar (spricht der Prophet) ist GOtt in seinen Heiligen / die er gleich-

Psal. 67. V. 35.

gleichſamb als ein glantzende
Sonn mit den lebendigen
Stralen ſeiner Göttlichen
Gnaden allzeit ſehr in Heiligkeit deſ Lebens/ vnd vilen herr-
lichen Tugenden erleuchtet;
auch nit allein hohen Stam-
mens-Perſonen / Adelichen
Herkommens/ oder hohen Ver-
ſtandts vnd groſſer Geſchick-
lichkeit / ſondern auch zu eben
ſo groſſer/ ja noch gröſſerer vnd
höcherer Heiligkeit die ver-
ächtlichſte vnd geringſte Men-
ſchen erhebt vnd erſchwungen;
welches obwolen in vilen dergleichen Heiligen / ſo gelebt/
erſcheinet/ haben wir doch deſſen vil klärlicherers vnd new-
licherers Exempel an dem
Glorwürdigen vnd Hochhei-

ligen

ligen Isidoro, erst kürtzlichen
von der Päbstlichen Heiligkeit
Gregorio dem XV. Canoni-
ziert, vnd für Heilig erkandt/
der von den lebendigen Stralen der Göttlichen Gnaden
auß einem schlechten vnd ver-
ächtlichen Ackersmann/ vnnd
einfältigen Ochsentreiber/ zu
so hocher Heiligkeit/ stattliche
vnd durchleuchtigen Standt
erhebt worden/ daß wegen so
viler hertzlichen Exempel vnd
berühmbten Wunderzeichen/
dem gantzen Hispanien/ Ja
der gantzen Christlichen Kirchen zur Ehr vnd Glory rei-
chet; Dessen heiliges Leben
dann/ sambt den Heroischen
Thaten/vnd fürnemen Wun-
derwercken/ so er vor: vnnd
nach

Vorred.

nach seinem Todt gewürckt/
wöllen wir den einfältigen vnd
nidern Standts-Personen;
Insonderheit aber denen / so
gegen disem Glorwürdigen
Heiligen ein sondere Andacht
tragen/ vnd dessen heiliges Leben vnd Wunderthaten gern
Wissenschafft hätten/fürtzlich
andeuten/ vnd an Tag
bringen.

A 7 Auß-

Auß dem zehenden Capi-
tel deß Buchs der Weiß-
heit.

GOtt die Ewige Weiß-
heit hat den Gerechten auff
die richtige Straß gewisen/
jhm das Reich Gottes ge-
zeiget/ Wissenheit vnd Erkandtnuß der heiligen Din-
gen mitgetheilet/ durch die
Arbeit zu Ehren gebracht/
vnnd zu glücklichem End
geführet. Er beschirmet jhn
vor seinen Feinden : vnnd
vor denen/ die jhm auffse-
tzig waren / versichert er
jhn : machte jhn starck im
Kampff/ vnd Sighafftig.

Das

Das I. Capitel.

Von der Geburt vnnd
Herkommen deß
H. Isidori.

Z V Madrit / einem Flecken in Hispania / in dem Bißthumb Toleto gelegen / allda nun die Königliche Catholische Maje- ſtät Reſidiern / iſt geboren der H. Iſidorus, vnd obwolen das Jahr ſei- ner Geburt eigentlich nicht bewuſt / wie auch weder ſeines Vattern / noch Muttern Namen / weilen vil Jahr verloffen / daß niemand ſol- ches in Acht genomen / noch in dem wenigſten nachgedacht / oder Mel- dung gethan; etwan wegen nide- ren vnnd armen Geſchlechts (wie der Welt gebrauch) ſo allein die eines

nes, grossen vnnd stattlichen Herkommens seynd / in Obacht nim-
met/ die Arme hingegen/vnd gerin-
gen Standts-Personen/ verwürf-
fet/ vnd ihrer im wenigsten nit ge-
dencket :. so kan man nicht desto weniger die Zeit der Geburt / von dem
Jahr seines seligen Ableibens vngefehr muthmassen/ welches (wie her-
nacher gemelt soll werden) im Jahr
Christi 1170. erfolgt ist worden.
Ist derowegen sein Geburt schlecht
vor der Welt gewesen / vor GOtt
aber herrlich vnd ansehenlich/in deme er an einem so Glorwürdigen
Heiligen also vilfältige gute Frucht
herfür gebracht.   Sie haben jhn/
zu Ehren deß hochheiligen Isidori-
Ertzbischoffen zu Sevilia, welcher
von gantz Hispania vnd allgemeiner
Christlicher Kirchen Gottes in hohen Ehren vnd Veneration gehalten wird/ auch Isidorum genennet/
dardurch anzuzeigen / wie hoch sie
die Christliche Religion vnd deren
Heiligen schätzen.   Dem-

Demnach alſo das glückſelige
Kind auff die Welt gebornen/ vnnd
mit ſo glorwürdigem Namen Iſidori angethan vnd verehret / wird
es von ſeinen lieben Elteren in
Chriſtlicher Catholiſcher Religion/
vnd in deren guten Vbungen alſo
löblich vnd wol aufferzogen / daß es
mit ſambt den Jahren in allen
Chriſtlichen Tugenden zugenom-
men / ein gantz heiliges frommes
Leben geführet / bey dem gebenedey-
ten Gott / der die Hoffart der Welt
vntertrucket / vnd die Demut erhö-
het / hat er verdienet / wegen groſſen
rahmreichen Tugenden vnnd glorwürdigen Wunderzeichen / im Leben vnd Todt / ja ewigtlich erleuche
zuſeyn.

Glorwürdig iſt er nicht allein in
Königreichen deß Hiſpanien/ allda
er geboren/ ſonder auch in der gantzen Welt/ wohin ſein glorwürdiger
Nam/ wegen ſo heiligen vnd wun-
derbarlichen Lebens vnd Wandels
erſchal-

erschallen / wie in Erzehlung seines
glücklichen Fortschreitens/vnd Zunemmung im selben / auch seligen
vnd glorwürdigen Ends/vermeldet
soll werden.

Das II. Capitel.

Von dem Leben vnd Wan-
del deß H. Isidori.

WAs Wesens oder Stands
der H. Isidorus gewesen
seye/ist oben Meldung be-
schehen / nemblich ein armer Baw-
ers: vnd Ackersmann/ der mit son-
derem Fleiß dem Acker vnnd Feldbaw abwartete ; Dienete einem
vornemmen Ritter Ioanni de Vargas, auch deß Fleckens Madrit/für
einen Ochsentreiber / erhaltete sich
vnd sein schlechtes Haußgesindlein
in Kummer vnd Mühseligkeiten /
mit dem wenigen Liblohn/ so er ihme gabe ; seinem Herrn war er ge-
treW-

trewlich; mit allem Fleiß vnd Emb-
sigkeit suchete er den Nutzen vnnd
Frommen seines Herrn. Wiewoln
er etwas spaters sich zur Arbeit be-
gabe/ etwan zuforderist dem Dienst
GOttes vnd seiner Andacht abzu-
warten/ ist jhme doch ein solches jederzeit zu besserem seinem Nutzen
kommen / wie in Erzehlung seiner
gewürckten Wunderzeichen zu End
beygebracht soll werden.

Sein Haußfraw ist gewesen
Maria della Cabezza, ein Dienerin
Gottes/ von der er einen Sohn bekommen / nach welches Todt haben
sie sich beyde von einander / durch
Einwilligung / vnnd gutem jhrem
Consens GOtt dem HErrn mit
grösserer Vollkomenheit zudienen/
so vil die beysamen Wohnung be-
langet / abgesönderet / vnd also biß
in Todt in ewiger Keuschheit ge-
lebt vnd verharret.

Dise selige vnd fromme Fraw ist
in gantz Hispania ins gemein für
Hei-

Heilig erkandt vnd geehrt worden;
Wie dann jhr heiliger Name an
vralten Gemählen vnd Bildnussen
geschriben vnd gemahlet/ wegen jh-
rer grossen Heiligkeit vnd merckli-
chen Wunderzeichen schon von so
vil 100. Jahr her/ gefunden wird;
vnd ich zu Rom in deß Herrn Fer-
rante Figeri Behausung/nechst bey
der newen Kirchen / selbsten zwey
sehr alte vnd grosse Bildnussen/ deren Grund mit Gold eingelegt/ gesehen / welche jhme ein Spanischer
Hofherr hinderlassen / auff einem
war auffrechts gemahlet diser Heilige / vnd vnden mit guldinen grossen Buchstaben geschriben,: San-
ctus Isidorus Agricola. Das ander aber ware die Bildnuß der besagten Dienerin GOttes seiner
Frawen Mariæ / ebenfalls auff-
rechts/ als gienge sie ob dem Fluß
Xarama mit truck nen Füssen/ob jhrem außgebreiten Mantel der Capeln vnser lieben Frawen / Torde-
laguna

laguna genandt/zu/ in dem Toleta-
nischen Bißthumb/welche sie zu ver-
verwalten hatte/ allda sie auch heutigs Tags begraben : vnder der
Bildnuß stunde gleichfalls mit
gantz guldinen Buchstaben geschriben / Sancta Maria de la Cabezza,
also genandt von jhrem Haupt/
welches von Alters her gewohnlich
zur Zeit deß vilen vnnd schädlichen
Regenwetters Processionweiß mit
grosser Versamblung vnd Ehrentbietung deß Volcks/herumb zutra-
gen gebräuchlich/vnd die wahre Er-
fahrnnß von vil 100. Jahr her mit
sich bringet/daß allezeit was man in
dergleichen Nöthen von dem Allmächtigen Gott begehret/ durch jhr
Fürbitt erhalten worden/ wie klärlich auß den Processen, vnd von der
gantzen Cardinalischen Versamblung ergangenē Decret, erscheinet.

Die Sach der Canonization
diser Heiligen Frawen/ ist von Paulo dem Fünfften höchstseligster Ge-
dache-

dächtnuß in die Rota zuberath-
schlagen eingeben worden/vnd heutiges Tags noch in denen/ durch Apo-
stolische Authorität / auffgerichten Processen , von jhrem heiligen
Leben vnd Wunderzeichen ins gemein vnd insonderheit zufinden.

Das III. Capitel.

Von der Fürtrefflichkeit
seines Glaubens.

DEr rechte wahre
Glaub/ wie der Apostel
spricht / würcket durch
die Lieb / ohne welche nicht
müglich/ daß man Gott ge-
falle; fürtrefflich vnd fast schein-
bar ware solcher in dem heiligen
Isidoro , darumb er Gott lieb vnd
angenemb worden / Seitemal er
im Catholischen Christlichen Glauben geboren / darinn aufferzogen /
vnd

Gal. 5.
v. 6.
Hebr.
11. v. 6.

vnd die Geheimbnuß der Allerhei-
ligiften Dreyfaltigkeit vnd vnserer
Erlösung/ veftiglich geglaubet / den
Verstand zum Gehorsamb deß Ev-
angelij / vnd gantzer H. Schrifft/
auch vnverfälschter Warheit / vnd
Einigkeit deß Catholischen Glaubens in tieffer Demut gefangen genommen / ja niemals darvon ab-
gewichen / sondern biß an sein letz-
tes End darinn glorwürdig verharret / disen mit guten Wercken
vnd heiligen Vbungen erzeiget/dem
Dienst Gottes / deme er Morgens
in der früh / ehe daß er zur Arbeit
gienge/ abwartete/ allen andern seinen Geschäfften vnd Arbeiten vor-
gezogen: Er glaubte vnd hielte be-
ständiglich darfür / daß deßwegen
weniger Arbeit er nicht verrichten
wurde/ wie dann geschehen/ vnnd
solches auß nachfolgendem zuver-
stehen. Disen lebendigen vnd steif-
fen Glauben hat er zum öfftern ge-
übt vnd erzeigt/ darab dann GOtt
der

der HErr ein sonders Wolgefallen
gehabt/ vnd wie angenemb jhme dises wäre/hat er durch jhn vil herrli-
cher Miraculn gewirckt/ vnder
welchen eins wunderbarlich fürzu-
nemmen / nach welchem sich die
Anzahl nach vnnd nach gemehret/
vnd noch heutiges Tags zunimmet.

Mira-
cul mit
dem
Bron-
nen.

Einsmals befande sich sein Herr
auff dem Feld / Sommerszeit/ da
eben die Hitz am grösten / vnd alle
Brunnen vnd Wasser eingetrock-
net/ vnd er mit sehr grossem Durst
angefochten / solchen nit wuste zu
löschen ; Der H. Diener aber auß
Mitleyden gegen seinem Herrn be-
wegt/ erhebt seine Augen gen Him-
mel/ vnd sein Hertz zu Gott/ schläge
mit grossem Vertrawen vnd Glauben / mit der Gärten/mit der er die
Ochsen im Acker antrib /. auff die
dürre vnnd truckne Erden ſ spre-
chend / wann GOtt wolte/ so würd
Wasser allda / vnnd alßbald ent-
sprang wunderbarlicher weiß ein

Brunn

Brunn mit frischem vnd lebendi-
gem Wasser/ mit deme der HERR
seinen hefftigen Durst gelöschet;
GOtt mit grosser Verwunderung
lobend/ vnd seinem Diener zugleich
danckend. Von selbem Tag an/ biß
anjetzo / auch in der allerheissesten
vnd trucknesten Zeit / schon von vil
hundert Jahr her / verbleibt diser
Brunn also Wasserreich ; durch
welches neben Anrueffung dises
Heiligen / GOtt zu jederzeit grosse
vnnd herrliche Wunderzeichen ge-
würcket/ vnd noch biß auff heutigen
Tag continuirt, vil Krancke vnnd
Schadhaffte / so dises Wasser ge-
truncken/ seyn zu vollkommenlicher
ihrer Gesundheit gelangt/ Jnmas-
sen daß ein grosser Zulauff der Bil-
ger/ von weit gelegnen Orthen her/
zu disem H. Brunnen ist / ob deme auch ein Wildnuß erbawet/ mit
was Andacht vnd Zierd solche sey
zubereit/ mag ein jeder leichtlich ab-
nemmen vnd erachten.

B   Das

Das IV. Capitel.

Von der Fürtrefflichkeit
seiner Hoffnung.

Ermittelst der grossen Erkandtnuß / die der Heilig durch erleuchten Verstand deß Glaubens gegen Gott vnserm höchsten Gut erlangt vund bekommen / in deme in seinem Hertzen ein so grosse Begierde solches zubesitzen vnd zugeniessen entsprungen / ist die Hoffnung in seinem Gemüt erwachsen / mit welcher / in dem er neben obgesagter Begierde auch einen besondern Fleiß angewend / vnd seinen eignen Willen selbsten getriben vnd erhöcht / von Tag zu Tag / je länger je mehr sich zu Gott nahete / solche sein Hoffnung / alle eytele Forcht vnd vbrige Sorg zuruck gelegt / setzete er auff ihn mit gantzem Hertzen / vnd grosser zuversicht.

Wie

Wie groß vnnd steiff die Hoffnung dises Heiligen gewesen sey/ge-
ben seine Werck vnd H. Vbungen/
in denen er mit Hülff der Göttlichen Gnaden biß an sein End be-
ständiglich verharret/klärlich zuer-
keñen; Dann/spricht der H. Apo- 1. Cor.
stel/ man ackert vnd bawet das 9.v.10.
Feld / mit Hoffnung / die
Früchten einzusamblen. Dise
rechte wahre Hoffnung verursachete in ihme sehr grosse Gedult in allen
Widerwärtigkeiten vnnd Verfol-
gungen/die er allweg mit Frewd an-
genommen / dardurch er dann/ ver-
mittels Göttlicher Krafft/ vil herrliche berühmbte Wunderwerck ge-
würcket/ darzu auch nit wenig ge- 1. Cor.
holffen/ die Lieb/welche/ wie der 13.v.7.
Apostel spricht / alles hoffet.

Eins Tags begabe es sich / daß/
demnach er das Allmusen etlichen
Armen gereicht / mit denen er das
wenig/so er hatte / zutheilen pflege-

Wun-
derzei-
chen
mit den
Spei-
sen.

te/ auch einer hernach gefolgt/ deme
er nicht mehr zůgeben gehabt / vnd
vnangesehen er von seinem Weib
verstanden/daß alles/so in dem Geschirr geweßt/ außgetheilt wäre wor-
den/ vnd nicht mehr vorhanden/hat
er doch auß Antrib guter Hoffnung/
sie erbetten / in besagtem Geschirr
nachzusuchen / ob nit etwan noch
was zůfinden; Deme als sein Fraw
nachkommen / fande sie das Geschirr wunderbarlicher weiß voll der
Speisen / vmb welches sie GOtt
höchlich gedancket / vnd nit allein
disen / sonder anderen Armen Be-
dörfftigen mehr darmit reichlich geholffen.

✠(✠)✠

Das

Das V. Capitel.

Mit was jnbrünſtiger Lie-
be der Heilig gegen GOtt,
ſeye entzünd gewe-
ſen.

Je Lieb iſt vnder allen
Tugenden die vortreff-
lichſte/ vnd nach der Lehr
deß H. Thomæ * iſt diſe die Mutter *2.2.q.
vnd Königin aller andern; Zwo 23.
fürnemme Würckungen hat diſe Cor.7.
Tugend; Als die Liebe gegen Gott/ &8.
vnd die gegen dem Nechſten ; In
einer vnd der andern ware diſer heilige Mann Gottes berühmbt/ vnd
zwar die Erſte belangend/ Ehe daß
er Morgens frühe zur Arbeit ſich
verfügete/ beſuchete er die Kirchen
zu Madrit/ Inſonderheit vnſer lieben Frawen von Atocha, der Pa-
trum Dominicaner, daß iſt/ Prediger Ordens Kirchen/ allda er mit

B 3 groſ-

grosser Andacht vnd Ehrentbietung
die H. Meß anhörete/ vnd seyn eyfe-

Gros-
ser Ey-
fer im
Gebett
deß
Heili-
gen.

riges jnbrünstiges Gebett verrichtete / von welchem er auß höchster
Liebe vnnd Süssigkeit deß Geists
Gottes / mit der er gantz entzünd
vnd eingenommen / nicht fründe
noch wuste abzulassen / gienge von
einer Kirchen zur andern / vnnd
brachte die mehrere Zeit deß Morgens darmit zu/ daher er allzeit spät
zur Arbeit kommen; Dann er wuste wol / vnd hatte das Vertrawen/
es werde darumben in dem Dienst
vnd Arbeit seines Herrn kein Schaden noch Betrug erfolgen. Seitemal auß sonderbarer himmlischer
Schickung/ vnangesehen er sich in
seiner Arbeit verspatete/ verrichtete
er doch vilmehrers in selbiger / als
alle andere Mitknecht vnd Arbeiter/
wie in nachfolgendem Capitel
erzehlt wird.

Das

Das VI. Capitel.

Die Engel/so mit Isidoro im Feld Ackerten / werden ersehen.

Erzehlter Ursachen hal-
ber / erhebte sich under den
andern Mit-Dienern ein
grosser Neyd wider den heiligen
Mann / verklagten ihn dann bey
dem Herrn / als seye er zu sehr hin-
lässig / unnd under dem Schein der
Heiligkeit / nit zu rechter Zeit zur
Arbeit käme / unnd dardurch der
Dienst versaumselig und Schaden
litte / Darumben dann sein Herr
sich hefftig uber ihn erzürnet / und
ernstlichen mit Worten angefah-
ren / Er aber/ daß er sich ob solchem
hätte bekümmert / oder etwan Wi-
derwillen gegen seinen Widersa-
chern unnd Verleumbdern gefast /
mit ungedultigen Worten herfür
gefahren / dergleichen in dem we-

Gedult
deß
Helli-
gen.

nigsten

nigsten nichts/ sondern aller vnver-
drossen/ gar sanfftmütig geantwor-
tet/ Er kündte vnd wölle auch nicht
den Dienst GOttes vnd seiner lieben Heiligen / vnderlassen / den
Nachbawren lasse ers erkennen / ob
durch sein Saumseligkeit oder spat
kommens ihme einiger Schaden je-
malen seye entsprungen / dann so
wölle ers gern mit dem seinigen er-
statten/ aber da es je nit wäre/ wolle ers ihme nit in argem vermer-
cken/ noch für vbel haben.

Da aber besagte seine Mißgön-
ner ihme noch zusetzen / vnd bey dem
Herzen zuverleumbden nicht Ruhe
haben wolten / hat einsmals der
Herr vermerckt/ vnnd gesehen/ daß
Isidorus mehrmal spat zur Arbeit
vnd Ackerbaw außgienge/ erzürnet
er sich noch vil hefftiger vber ihne/
eylet in solchem Zorn vnd Vnwil-
ten dem Feld zu / ihne zustraffen

Wun-
derzei-
chen
mit den
Engl.

Alßbald er aber an das Orth kom-
men/ sahe er/ das zween Engel mit
zwey

zwey par weissen Ochsen/neben dem
Isidoro Ackerten/die alßbald/nach
dem er nahend zu jhnen kommen/
verschwunden. Dá erkandte er
wahr seyn/was jhme der Heilig vilmahlen gesagt/nemblich/daß die
Zeit/so er in dem Dienst GOttes
vnd Gebett zubrachte/nit vnnutz-
lich vnd vergebentlich angelegt wä-
re/darauff er allen Zorn vnd Vn-
willen zumahl fallen lassen / den
Diener Gottes jnständig gebetten/
jhme zu offenbaren/wer die zween
geweßt/so mit jhme geäckeret/vnd
zu seiner Ankunfft verschwunden/
deme Isidorus geantwortet/in disem
Feldbaw habe ich andere Hülff vnd
Beystand nie begehrt/noch gesehen/
als Gottes meines HErrn/welchen
ich bitte vnd anrueffe/der mir durch
sein vnendliche Gütigkeit niemalen
mangelt ; darauff der Herr gesagt/
daß er keinem übel Nachredenden
noch Neydigen mehr Glauben geben wolle/vnd darumben möge er

B 5　　wol

wol fürtershin all sein Arbeit / Thun
vnd Lassen / seinem besten Gutge-
duncken vnnd Wolgefallen nach /
richten vnd anstellen.

Das VII. Capitel.

In dem Jsidorus gegen GOtt sein Gebett verrichtet / erlediget er wunderbarlicher weiß sein Eselin von dem Wolff.

DEm Gebett wár der heili-
ge Mann dermassen erge-
ben / vnd mit innbrünsti-
ger Liebe darinn entzündet / daß ver-
mittelst dessen er den Weg deß
Herrn dapffer vnd vnverzagt mit
mercklicher Zunemmung gewan-
dert.

Er bettete auff ein Zeit in der
Kirchen der H. Mariæ Magdalenæ,
vnd gähling mit grosser Eyl wird
er beruessen / sein Eselin von deß
Wolffs

Wolffs Gewalt vnd Gefahr / ders
vberfallen vnd angriffen / zuerret-
ten / aber nit darumb hat der Heilige von dem Gebett abgelassen / noch
im wenigsten sich dessen bekümert /
sonder mit beharrlichem Glauben
im Gebett andächtiglich fortgefah-
ren / ihnen dergestalt geantwortet /
gehet hin ihr Geliebte im Friden /
der Will deß Herren geschehe /
verfüget sich nach verrichtem vnnd
geendten seinem Gebett auß der
Kirchen / findet die Eselin vnverletzt / den Wolff aber bey deren Füssen todt li-
gen.

Wun-
derzei-
chen
mit
dem
Wolff.

❦ (o) ❧

B 6   Das

Das VIII. Capitel.

Von der Lieb Ißidori gegen dem Nechsten.

Vrtrefflich vnnd hertzlich war die Lieb deß Heiligen Gottes gegen seinem Neben-Menschen / in deme er (wie ob vnnd hernach gesagt) den Armen vnd Bedürfftigen seinem Vermögen nach zu Hilff kommen / vnd wo er nichts gehabt jhnen mitzutheilen / das beweinet er gar inniglich / vnnd erzeiget sein Mitleyden mit heissen Zähern / darumb so grosser Lieb halber er von GOtt dem Allmächtigen so wol vor: als nach seinem Todt / wunderbarliche Mehrungen der Speiß vnd Trancks erlangt / mit denen er die Arme bedürfftige ersättigen könden.

Auff ein Zeit / als eben diser glorwürdige vnnd heilige Mann einer

Bru-

Bruderschafft zu Madrit in S.
Andreas Kirchen einverleibt gewesen / vnd alle Brüder an einem be-
stimbten Tag ein Mahlzeit / Jährlicher Gewonheit nach / mit einander halten vnd einnemmen solten /
begab es sich / daß Isidorus damals
seinen andächtigen Vbungen / bey
der H. Meß vnnd Besuchung der
Kirchen pflegete / vnd darumb spat
zur besagten Gastung / von vilen
Armen begleitet / kommen / solche
aber als die Brüder ersehen / ver-
wunderten sie sich vber jhne / daß er
ein so grosse Anzahl Armer mit jhme hatte dörffen herführen / Sey-
temal sie die Mahlzeit schon eingenommen / vollendet / vnnd anderst
nicht / als für jhne sein gebührenden
Theil vnnd Portion auffbehalten:
Auff welches der Heylig mit grosser Demut vnd Vertrawen gegen
Gott / geantwortet / sie solten deßwegen gar nicht sorg tragen / alles
was für jhne behalten wäre wor-

B 7   den /

Wunderbarliche Mehrung der Speisen.

den / daß wolle er disen im Namen Gottes mittheilen / vnd als darauff die Diener hingiengen / auß dem Geschirr die besagte Speisen vnnd Portion abzuholen / fanden sie solches voll derselben / ab welchem Wunderwerck sie sich hoch entsetz/ reichens dem Heiligen vnd den Armen reichlich dar / also/daß auch für andere Bedürfftige mehr Speisen vberig verbliben / darauff sich der heilige Mann / in der heiligen Mariæ Magdalenæ Kirchen begeben/ alldorten dem Ewigen GOtt vmb so grosse erwisene Gutthaten gedancket.

Das IX. Capitel.

Von der Lieb deß H. Isidori gegen den vnvernünfftigen Thieren.

Also groß war die Lieb deß heiligen Isidori, daß er dise nit allein gegen den Menschen sei-

ſeinen Nechſten vnd Bedürfftigen/
in raichung deß Allmuſen/ vnd Lai-
ſtung anderer Hülff ohn Vnderlaß
geübet/ ſondern auch gegen den vn-
vernünfftigen Thieren / welche er
liebete / als Creaturen / vnnd Ge-
ſchöpff Gottes / gleich wie ers klärlich zuerkennen geben / dann als er
an einem Tag zu ſtrenger Winters-
Zeit in gar rieffen Schnee einer
Mühl / ſein Korn darinn zumah-
len/ zu gienge/ ſahe er ein groſſe Anzahl Tauben / vnnd andere Vögel
auff einem Baum ſitzen / die da
nicht zueſſen hatten/ gegen welchen
er auß Mitleyden bewegt / entde-
cket den Schnee von der Erden /
vnd machet mit den Füſſen Platz /
demnach vberſchüttet ers mit guter
Mänge Korns / ſagt / Eſſet ihr
Vögelein deß Himels/ dann für alle gehet auff vnd dienet die Sonn/
vber welches er von ſeinen Mitge-
ſellen verlacht vnd geſtrafft worden:
Aber der Gütigkeit GOttes hat es
                              geſal-

gefallen / solches/ wie grosses Wolgefallen er darab gehabt/ mit einem
Wunderzeichen zuerweisen/ dann
als sie in die Mühl kommen/ ist
nicht allein kein Minderung seines
Korns in den Säcken gespüret wor-
den/ sonder mit höchster Verwunderung der Vmbstehenden/ hat sich
das Meel also gemehret / daß deß
Isidori Säck voll / deß Mitgesel-
lens aber nit halb voll worden.

Das X. Capitel.

Von den vier Haupt-Tu-
genden / als Fürsichtigkeit /
Gerechtigkeit/ Stärcke vnd Mäs-
sigkeit/ mit denen der H. Isidorus begabet.

SEhr fürtrefflich / vnnd berühmbt war diser Heilige
in den vier Haupt-Tugen-
den / dann durch die Fürsichtig-
keit/ vnd deren heylsamen vnd füg-
lichen

lichen Mittel hat er ein Ordnung
deß Lebens/ seinem Standt gemäß/
ihme zuerwöhlen vnnd anzustellen
gewust/ mit Bawung deß Felds/
hat er im Schweiß seines Ange-
sichts/ das Brodt wöllen härtiglich
gewinnen/ vnd das mehr ist/ hat er
durch sein heilige Einfalt noch andere herrliche Tugenden wissen an
sich zuziehen/ welche nothwendig
durch gewise Mittel/ so von der
Fürsichtigkeit herrühren/ zubekom-
men seynd.

Durch die Gerechtigkeit/ befliesse
er sich GOtt/ seinem besten Vermögen nach/ alles zugeben/ was
er ihme schuldig/ liebete ihn von
gantzem Hertzen/ hielte seine heilige
Gebott auffs fleissigist/ wie auch
der Christlichen Kirchen: vnd damit er füglicher der Reinigkeit seiner Seel abwarten/ GOtt seinem
HErrn eyferiger vnd vnverhinder-
lich dienen möchte/ hat er sich frey-
willig von seiner frommen vnd ge-
liebten

liebten Haußfrawen / doch mit ihrer guter Einwilligung vnd Gut-
haissung / abgesöndert / dann er wol
gewust / daß die Erfüllung deß Ge-
satzes / die Liebe seye.

Eben diser Gerechtigkeit hat er
sich gegen dem Nechsten gebraucht /
in deme sein Herz von ihme getrew-
lich ohne Betrug vnd Falschheit /
mit nutzlichem Dienst vnd Arbeit
gedient wurde / deßgleichen auch
dem Nebenmenschen vnd Mangel-
hafftigen mit dem wenigen / daß er
gehabt vnnd vermöcht / trewhertzig
beygesprungen vnd geholffen.

In der Tugend der Stärcke /
war er gleichsamb als ein vnbewög-
licher starcker Felß gegen den auff-
stehenden Wasserwellen der Ver-
folgung seiner Verleumbder vnnd
Widersächer / welche / wie gesagt
worden / Mittel vnd Weg suchten /
ihne bey dem Herrn in Vngnad zu
bringen / gegen welchen er sich dann
gedultig erzeigt / auch durch einige

Teuff-

Teufflische Eingebung zu Unmut
vnnd Vngedult keins wegs bewe-
gen/ noch von dem Dienst Gottes
(in deme er biß an das letzte End
seines Lebens glückseliglich vnd be-
ständiglich verharret) abhalten/
vnd abwendig machen lassen. Deßwegen die Beständigkeit vnd Ver-
harrung in dem Guten billich ein
Stärcke vnd Tugend/von dem H. 2. 2. q.
Thoma genennt wird.			13. 7.

Letzlich wegen der Tugend der a. 2.
Mässigkeit war er auch fürtrefflich/
er genügete sich deß mässigen vnd
wenigen Gwinns / welchen er mit
Schweiß seines Angesichts / allein
zur Nahrung vnd Vnderhaltung
seiner vnd der seinigen erhalten vnd
gewinnen kundte / dem Vberfluß
vnd Begird vil oder mehr zuhaben /
war er gantz zu wider / vil ehender
theilete er das wenig/ so er gewan-
ne / mit den Armen vnd Hungeri-
gen / liesse ihme kein Speiß zu lieb
noch zu gut seyn / dann sein mässi-
					ger

ger Standt/ vnd auch geringer Gewinn / keiner Vnmässigkeit statt noch Platz gabe/ die Mässigkeit hingegen erzeigte er in fleissiger Haltung der/ von der Christlichen Kirchen auffgesetzten/ wie auch andern freywilligen Fasttägen.

Das XI. Capitel.

Von anderen seinen Tugenden.

NEben obgesagten Haupt-Tugenden / von welcher wegen er von GOtt dem Allmächtigen geliebet/ ware der heilige Mann auch gar gedultig/ trew vnd barmhertzig/ in dem Gebett vnd Dienst Gottes eyferig / vnd desselben Willen gantz ergeben/ von welchem er mit allen andern sittlichen Tugenden begabet/ weilen auch dieselbige vnder der Christlichen Lieb/ wie der heilig Thomas spricht/ samentt-

samentlich nothwendig begriffen /
vnd ohne Zweiffel kan man wol erachten / vnnd glauben / daß diser
Glorwürdige Heilige / als er noch
bey Leben / vnendlich vil andere grosse vnd herrliche Tugenden geübet
vnd gewürcket habe / obwolen wegen vile der Jahren / oder etwan /
weilen er ein einfältiger armer
Bawersmann gewesen / dessen son-
derlich nie Wissenschafft noch An-
zeigungen verhanden / verblibe doch
jederzeit der Nam seiner Heiligkeit
berühmbt / die er schon bey Lebzeiten
angefangen / vnnd bißher geübet /
auch solche nachmalen nach seinem
glorwürdigen Abscheyden von diser Welt in vilem ge-
mehret.

Das

Das XII. Capitel

Von dem seligen Abscheyden deß Heiligen.

NAch viler erlittener Mühe vnd Widerwertigkeiten/hat dem Allmächtigen eünigen Gott gefallen/ Isidorum zu sich in das Himmlische Vatterland/vnd an das Orth der ewigen Ruhe/ auffzunemmen; vnnd als er von schwerer vnd gefährlicher Kranckheit vberfallen/ das End seines Lebens vorhanden zuseyn vermerckete/ hat er nach Empfahung der hochheiligen Sacramenten der Kirchen (alle Vmbstehende vnd Gegenwärtige zur Beständigkeit im Guten/Gott mit reinem vnd auffrechten Hertzen zulieben/ vnd zudienen ermahnend/) GOtt seinem HErrn vnnd Erschaffer sein See mit höchster Demut befohlen/ vn

auß disem armseligen elenden Jam-
merthal/ glückseliglich/ zu der vn-
ersättlichen Frewd vnd Glory ab-
gescheyden/ in dem Jahr/ als man
zehlt 1170. die er anjetzo mit Gott
seinem Schöpffer geniesset: Sein
heiltger Leichnamb war zu Madrit
auff deß H. Andreæ Kirchhoff/
(wie damalen bräuchlich) gelegt
vnnd begraben; allda er heutiges
Tags nit allein von der Königlichen Hofhaltung zu Madrit/ sondern auch von allen Königreichen
deß gantzen Hispanien in grosser
Ehr vnd Reverenz gehalten wird.

Das XIII. Capitel.

Von der wunderbarlichen
Erfindung vnd Erhebung
seines heiligen
Leibs.

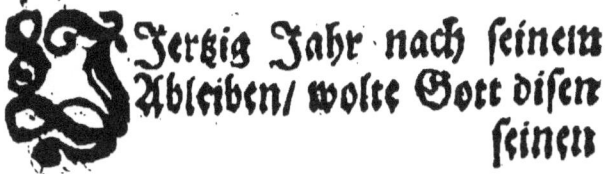Iertzig Jahr nach seinem
Ableiben/ wolte Gott disen
seinen

seinen getrewen Diener ehren/ vnd
bey der Welt/ so armen vnd einfältigen Bawersmann / groß vnnd
namhafft machen / welcher also
rühmlich vnd löblich mit so grosse
Frucht das Erdreich seiner Seel
gebawet hätte. Ist derowegen auß
Göttlicher Verhängnuß diser Heilige einem seiner Freund vnnd Ge-
vattern im Schlaff erschinen/ ihne ermahnt/ alle Mühe vnd Fleiß
anzuwenden/ damit sein Leib auß
dem Kirchhoff erhebt/ vnd in ein
ehrlichere Begräbnuß in die Kirchen getragen vnd begraben wurde/
Diser sein Freund/ ob er etwan solches für ein Traum hielte / vnd deß-
sent nit Glauben gabe/ vnderließ
solche Erscheinung vnd Offenba-
rung andern anzuzeigen/ deßwegen
er in gefährliche schwere Kranckheit alßbalden gerathen/ auch deß-
selben vor der Erhebung deß Hei.
Leibs ehender nicht abkommen:
nachmals einer andächtigen From-

men

nen Frawen in ebenmäſſiger Geſtalt vnd Erſcheinung vorkommen/ welches ſie dem Volck vnnd Prieſterſchafft zu Madrit angezeigt: Die alßbald hauffenweiß der Kirchen zugeeylet/ vnd als ſie auff den Kirchhoff an einem gewiſen Orth/ dahin ſich alles Vngewitter vnnd Regenwaſſer verſamblete/ anfiengen zugraben (wunder vber wunder) da fanden ſie den Leib diſes Heiligen gantz vnverweſen/ ſambt allem dem Ingewaid/ von welchem ein ſolcher Geruch außgienge/ daß wol zuerkennen gab/ daß nit ein Menſchlicher/ſondern gar wunderbarlicher vnd himmliſcher Geruch wäre/ zur Zeugnuß (wie der H. Gregorius vom Leichnamb der H. Jungfrawen Tarſillæ geſagt) der allbereit einwohnenden Gnaden dß H. Geiſtes. Verbleibt auch diſe Vnverweſenheit vnd lieblicher Geruch/ mit männiglicher höchſter Verwunderung/ ſchon von vier-

E   hun-

hundert vnd mehr Jahr her biß auff
den heutigē Tag/ wird also nach sol=
chem der H. Leib in der Kirchen deß
H. Andrez / an das Orth / allda
heutigs Tags die Capell / deß Bi=
schoffen genandt/ stehet / mit grosser
Andacht vnnd Ehrentbietung be=
graben / von dannen er widerumb
an ein höcheres Orth/ nechst bey
dem Haupt=Altar auff die rechten
Seyten transferiert vnnd gelegt
worden ; Auß deme klärlich erschei=
net/ wie wahr es sey / was bey dem
Propheten David an dem 33.

Psal.33.
v. 2l. Psalm geschriben stehet. Der
HErr bewahret ihnen alle ih=
re Gebein/ daß deren nicht
eins zerbrochen
wird.

Das

Das XIV. Capitel.

Von etlichen andern Wunderwercken / so bey besagter Erhebung sich zugetragen.

JN deme man auff besagtem Kirchhoff das Erdreich auffgräbet vnd vmbhawet / wird ein vberauß grosser vnd köstlicher Schatz erfunden / auch haben alle Glocken zu Madrit von jhnen selbsten / nit von Menschlicher / sondern vilmehr von Englischer Hand beweget / angefangen zuleuthen / vnd wehrete solches so lang / vnd so vil / biß der H. Leib von besagtem Kirchhoff in deß H. Andreæ Kirchen getragen / vnd begraben wurde.

Solche grosse vnnd herrliche Wunderthaten / als bey mäniglich erschollen / ist ein vnendliche Mänge Volcks zugeloffen / Insonderheit

E 2   aber

aber vil Blinde / Gichtbrüchtige /
Krumme / vnd Lahme / neben vilen
andern mit vnderschidliche Kranck-
heiten vnd Gebrechen verhafften /
welche alle / alßbald sie das Erdreich
von der Begräbnuß anrührete / vnd
deß Heiligen Hülff begehrten vnd
anruefften / wurden ihrer Kranckheit loß / vnd gewünschter Gesundheit völlig zugestellt.

Das XV. Capitel.

Von offentlicher Vereh-
rung vnd Anrueffung / so
ihme in vil Weiß be-
schehen.

AVß klärlicher vnd warhaff-
ter Erkandtnuß so viler wun-
derlicher Geschichten vnd
Thaten / von der Allmächtigen
Hand Gottes / durch die Verdienst
vnd Fürbitt dises Heiligen in weh-
render Erhebung seines glorwürdigen

gen Leibs/gewürckten Wunderthaten/ ist erfolgt/ daß von selbem Tag
an/ ihme von mäniglichen/ Hohen-
vnd Nidern Standts/ mit grosser
vngewohnlicher Frewd vnd Frolo-
ckung/ der Name vnd Schein der
Heiligkeit/ so wol in Gemählen/
als Schrifften zugemessen vnd zu-
geeignet worden/ vnd beschicht solches nit allein von den Inwohnern
zu Madrit ins gemein/ die disen
Heiligen Gottes für ihren Fürspre-
cher vnnd Patron auffgenommen/
sondern auch an allen End vnd Or-
then/ Stätten/ Landschafften/ vnd
Königreichen deß Hispanien/ vnd
allgemach auch gar in India/ allda
sein heiliger Name gleichfalls be-
rühmbt/ vnd in hohen Ehren gehalten wird/ welches alles von der
Christlichen Kirchen/ Ständt/
Prælaten/ vnd nach vnd nach/ von
allen Ertzbischoffen zu Toleto/ so biß
auff dise Zeit gewesen/ gemehret/
bestättigt/ vnnd für billich erkandt

wor-

worden / auch zu vnderschidlichen
Zeiten / mit eben der Ehrerbietung
vnnd Veneration, wie sonsten anderen Heiligen beschiehet / disen
heiligen Leib persönlich besucht
vnd verehret. Dergleichen haben zu
gewisen Gelegenheiten gethan alle
Ritter vnd vornembste Herren/ der
Königlichen Hofhaltung/auch Kö-
nig/ Königin / vnd Infantin/so in
ihren Nöthen vnd Zuständen disen
Heiligen angerueffen/vn vmb Hülff
ersucht / deßwegen dann bey seiner
hochgeehrten Begräbnuß / silberne
Ampeln / Taflen / vnd andere Gelübd / als zur Ewigen Gedächtnuß
vnd Danckbarkeit/so viler empfäng-
ner Gutthaten / in grosser Anzahl
herumb hangend gesehen werden.

Seine Bildnussen mit dem
Schein eines Heiligen auff den
Kirchen-Fahnen gemahlt / oder
auch außgehawet vnd geschnitzel/
werden nit allein herumb getragen
in den offentlichen Processionen,

vnd

vnd gemeinen Vmbgängen / welche
man von alter löblicher Satzung
vnd Gewonheit her / an allen Orthen der Christlichen Catholischen
Kirchen in Gemein im Jahr anzustellen pflegt / sondern auch bey den
Creutzgängen / insonderheit / die der
Fleck Madrit vnter dem Jahr zwey-
mal haltet / als den einen im Monat Majo; welcher von der Kirchen
deß H. Andreæ auß / zur Einöde / so
ausserhalb Madrit ob deß Heiligen
Bronnen erbawet : der ander ain
Fest der Himmelfahrt Mariæ /
der ebenfalls von deß H. Andreæ
Kirchen / zu der seligen vnd gebene-
deyten Jungfrawen von Atocha,
mit grosser Anzahl Volcks gehet /
allda man sich mit aller Andacht gegen dem Heiligen / vmb alle erwisene
Guttaten vnd Gnaden / danck-
barlich einstellt vnnd erzeigt / vnd
fürnemblich vmb deren / die er ihnen
ertheilt ; Wann truckne vnd dürre Zeiten anfallen / vnnd man groß

C 4   Ab-

Abgäng an Waſſer hät / allda ſie alle
zeit durch die Fürbitt vnnd Ver-
dienſt deß Heiligen erhört / vnnd
wunderbarlicher weiß / Waſſers
gnug empfangen. Wann ſiſrnemb-
lich ſie den heiltgen Leib auffvat-
ten vnd herfür ſatzten / oder Proceſſi-
ſion weiß herumb trugen / wie weit-
läuffiger zu ſeiner Zeit gemelt werden ſoll.

Zu Ehr deß Heiligen / ſeynd vnd
Altär / Capellen vnd Stäb den vnd
vnderſchidlichen Orthen / ſo wol in
dem Gebieth deß Toletaniſchen
Biſthumbs / darob fürnemblich eber
Brunn zuſehen / als auch in gantz
Hiſpanien / erbawt / vnd neben die-
ſem allem / iſt in beſagter Kirchen
deß H. Andreæ ein Brüderſchafft
oder Verſamblung / zu Ehren vnd
onder dem Schutz diſes Heiligen
auffgericht / mit jhren Ordnungen
vnd Satzungen / welche vilmahlen
von den Ertzbiſchöffen zu Toleto / ſ

on der schädlichen Zeiten bestättiget
vnd approbiert worden.

Pabst Leo der X. diß Namens/
bewilliget etliche einfache Beneficia
oder Pfründen zuvereinen/ deren
Summa auff die dreyhundert Du-
caten anlieffe/ ein vollkommnes
Stifft darmit auffzurichten/ vnnd
neben disem auch noch sechs andere
dergleichen/ in mehrermelter Kirchen deß H. Andreæ auff Ewig ge-
stifftet/ Alles zu mehrer Ehr vnnd
Glory dises heiligen Leichnambs /
ist nachmahlen dise ertheilte Gnad
von Paulo dem dritten diß Namens
bestättigt worden. Auß der Päbstlichen Bull ist auch bekandt/ daß
ein vornemmer Ritter Don Franciscus de Vargas genandt/ sambt
seinem Sohn (baide von Ioanne di
Vargas deß Heiligen grossen Gut-
thäter: von deme wir oben am andern Capitel Meldung gethan/ her-
rührende) habe vil tausend Cronen/
die Begräbnuß deß Heiligen zuzie-

E 5   ren

ved vnns zuehren angewendt / auff
welcher Anhaltung auch obgesagte
Bull der Vereinigung der Pfründen zugelassen vnd bewilliget worden.

Es hat gewisse Gottsdienst Offi-
cia, vnd eigne Messen allda: Am
ersten Sontag nach Ostern / in Al-
bis, oder weissen Sontag genandt /
auff welchen das Fest dises Heiligen / vnd der Erhebung zugleich / an
jetzt aber von seiner Canonization
her / den 15. Maij Jährlich einfällt /
an deme ein Ampt der heiligen Meß
mit grosser Solennitet vnnd hertzlicher Music / sambt einer Predig
gehalten wird / deme die Rectores,
vnd hohe Schul zu Wien auch
sonsten grosse Menig des Volcks /
neben vilen andern vornemen Hof-
Herren / vnd zu offtmalen Ihre Königl. Mayest. sambt dero Königlichen Gemahl / vnd Infantin, selbsten
Persönlich beywohnen. Auch ist
zuwissen / das auff gedachtes Fest
die

diſes Heiligen / der Kirchen deß heiligen Andreæ / darinn der H. Leib
ruhet / vnd der Capeln bey ſeinem
Bronnen / auch andern Orthen
mehr groſſe Ablaß vnd Nachlaſſung
der Sünden / von vilen Päbſten zu
vnderſchidlichen Zeiten ertheilt vnd
gegeben ſeyn / darauß abermals klärlich zuerkennen / in was hohen Ehren / Dignitet vnd Würde diſer
Heilige GOttes zu jeder-
zeit gehalten ſey
worden.

C 6   Daß

Das XVI. Capitel.

Folgen die Wunderthaten/ so von GOtt dem Allerhöchsten/ durch Fürbitt deß H. Isidori gewürcket/ vnd in der Canonization bewehrt vnd approbiert worden.

Klärlich vnd löblich seynd die Wunderthaten/ die GOtt der HErr durch Fürbitt dieses seines getrewen Dieners/ so wol vor/ als nach seinem Todt gewürcket/ wie dann solches auß den/ von Päbstl. Authoritet auffgerichten Processen erscheinet.

Vnd weilen in Erzehlung seiner hohen vnd rühmblichen Tugenden/ auch seligen Ableibens/ vnd wunderbarlicher Erhebung/ etliche seiner fürnembsten Wunderzeichen/ die sich in vnd nach dem Leben mit ihme

ihme verloffen/ bißher trewlich für-
gebrächt worden; Sollen ebenmäs-
sig in nachfolgenden Capiteln noch
etliche andere/ nach seinem Todt ge-
wirckt/ vnd von der ganzen Sau-
belnallischen Versamblung für wahr-
hafft erkandt/ vnnd approbierte
Wunderzeichen an Tag gebracht
werden.

Das XVII. Capitel.

Ein Fraw/ in deme sie das
Wasser von deß H. Bronnen
trincket / wird von Stund an
von gefährlicher Kranck-
heit erlediget.

Catharina de Villafante / ware
mit hitzigem bösem Fieber / vnd
zugleich mit dem Durchlauff / neben andern schmertzlichen Anligen
behafft; Als die Kranckheit ie länger ie mehr / mit Gefahr deß Lebens / vberhand name / begehrt sie
E 7   instän-

inftändiglich von obgesagtem wun-
derbarlichen Bronnen deß Heiligen ein wenig Wassers / gäntzlich
darfür haltend / daß durch solches
ihr die/ von den Artzten schon ver-
sagte Gesundheit wider gebracht
wurde/ wird also ihr solches dargereicht / unnd kaum hatte sie es mit
Andacht getruncken / unnd sich
dem Heiligen befohlen / altzbald hat
das Fieber unnd alle Kranckheit
nachgelassen / die gewünschte Gesundheit völlig erlangt.

Das XVIII. Capitel.

Einer andern Frawen/der
wegen einer Fistul der Schenckel abgenommen solt werden/
wird wunderbarlicher weiß
geholffen.

CAtharina Fernandez / auß der
Statt Valladolid gebürtig / und
Madrit wohnhafft/ hatte an einem
Schen-

Schenckel gegen dem Knye einen
Schaden / so man Fistul nennet /
einer zwerchen Hand groß / gar vbel
zugericht / nach vilen angewendten /
doch vergeblichen Mitteln / ist endlich von den Artzten beschlossen worden / daß / wann sie länger wolle leben / müsse ihr der Schenckel abgenommen werden / welches ihr dann
grossen vnnd vnaußsprechlichen
Schmertzen vnd Kümmernuß / in
Bedenckung deß Grewls / eines so
gefährlichen Mittels / verursachete /
deßwegen sie sich in die Kirchen
deß H. Andreæ führen lassen / allda
eben wegen Mangel deß Wassers /
der Leib deß Heiligen herauß gestelt
ware / kundte aber wegen grosser
Mänge deß Volcks / so sich allda
versambler / nicht durchkommen /
vnd zunahen / gabe einem Priester
einen Corallinen Rosenkrantz / den
sie bey ihr truge / auff daß er darmit
den heiligen Leib berührete / so dann
geschehen / welchen / als sie auff den
Scha-

Schaden vnd Fiſtul gelegt/vnd diſſe
Andacht vñ hertzlichem Vertrawen
ſich befohlen/iſt von Stund an aller Schmertzen vergangen/ vnd ſie
ſelbſten/ohne einige Hülff/ zu Fuß
ſich nach Hauß verfügt/auch jnner-
nerhalb drey Tagen/ohne anderſt
zuthun/als allein mit beſagten Roſen-
ſenkrantz/ den Schaden berührend/
völlige Geſundheit erlangt.

Das XIX. Capitel.

Ein Blinder/mit Namen
Benedictus, erlangt bey deß
Heiligen Grab ſein
Geſicht.

ZV Madrit hielte ſich auff ein
wolbekandter Blinder/ Benedictus genandt/ diſer als er ſich
einsmals in der Kirchen deß H. Andreæ befande (alldā abermalen der
Leib deß Heiligen/ wegen Mangel
vnd Abgang deß Regenwaſſers her-
auß

auff gesetzt ware) soch also auch ne=
ben andern knyend / dem Heiligen
befahle / stunde er vnverschens auff /
schrye mit heller Stimm / O jhr al=
le die da gegenwartig / kommet her=
bey / vnd sehet / wie GOtt durch die
Fürbitt vnd Verdienst seines lieben
Heiligen / an mir groß Wunder ge=
würckt / dann wie jhr wisset / ware
ich blind / anietzo aber seynd mir die
Augen geöffnet / vnd gesihe ; wel=
ches allen / so zugegen / grosse Ver=
wunderung verursacht / haben mit
grosser Frewd vnnd Frolockung /
sambt dem erleuchten Blinden /
GOtt den HErrn gebenedeyet
vnd Danck gesagt.

Das

Das XX. Capitel.

Einer lag in Todts-Nöthen / trinckt das Wasser deß Heiligen / wird von stund an gesund.

ALphonsus Gallus, ein Gold-
schmidt zu Madrit/erkrancket
an einem hefftigen Fieber unnd
schläffender Sucht / es name solche
Kranckheit also sehr vberhand/daß
ihme die Medici das Leben abgespro-
chen; Als er aber disen Glorwürdigen Heiligen angerueffen / und
sich ihme mit innerster Andacht seines Hertzens befohlen / Gelangt ihme mit grosser Begird nach dem
Wasser seines heiligen Brunnens;
jedoch weilen diser etwas zu weit gelegen / auch eben in der Nacht und
Winterszeit ware/ gedunckte ihne
vnrathsamb zusenn / vmb solches
außzuschicken: Bald darauff hat
man

man jhme sonsten ein Wasser/ nie
fürgeben/ es wäre von dem Bren-
nen deß H. Isidori, vnd kaum hatte
ers getruncken/ vnd sich andächtiglich dem Heiligen befohlen/ hat jhn
von stund an das Fieber verlassen/
vnd gesund worden/ morgens früh
als die Medici kommen/ vnd jhne
ohne einige Kranckheit gefunden/
haben sie das grosse Wunderzeichen
erkennt/ vnd bey mäniglich außge-
rieffen.

Das XXI. Capitel

Die Speisen werden wun-
derbarlicher Weiß ge-
mehret.

JM Jahr 1609. wäre die
Bruderschafft/so zu Ehren
vnd vnder dem Schutz deß
heiligen Isidori auffgericht/ zusamen kommen/ bey der sich mehret
Brüder/ als sonsten gewohnlich/
ein

eingestellet/vnd finden lassen; dem
nach sie mit einander / altem Gebrauch / vnd Jährlicher Gewohn-
heit nach / die Mahlzeit eingenommen / hat besagter Bruderschafft
Procurator mehr als 300. Bettler
berueffen / da doch nicht für 200.
Personen allein Speisen / vnd ein-
einige Flaschen mit Wein vberblie-
ben ware/ als deßwegen die Bruder
ihme einen starcken Verweiß gaben/
daß er so grosse Anzahl Armer her-
ein geführet / antwortet er Jhnen
also / GOtt vnnd der H. Isidorus
werde alles zum besten wenden/ sie
sollen nur das hergeben / was das
vbrig verbliben ware; lasset darauff die Bettler zugleich nider sitzen/
fanget an die Speisen vnd Wein
vnder ihnen außzutheilen; da wurden die wenige Speisen vnd Wein
auß wunderbarlicher Schickung
GOttes also gemehrt / daß nach-
dem er sie alle reichlich gespeiset vnd
ersättiget/ so wol auch Weins ...

                                        dar-

dargereicht/ noch an allem was vberig verbliben. Ab welchem augen-
scheinbarliche Miracul vnd merck-
lichen Wunderzeichen/ alle Vorsteher vnd Brüder der bemelten Brü-
derschafft sich mit Verwunderung
entsetzt/ dises einhellig außgerueffen
vnnd GOtt/ der in seinen Heilli-
gen wunderbarlich/ neben grösser
Dancksagung gelobt/ vnd hertzlich
gepriesen.

Das XXII. Capitel.

Ein Krancker/ der allbereit
in Todtsnöthen lag/ empfa-
het durch das Wasser dises Heiligen die Gesundheit.

Hilarius Cinibra ein Notarius,
wohnhafft zu Madrit/ ist neben vnauffhörlichem hitzigem Fie-
ber/ auch mit dem Außwurff vnd
Durchlauff in die drey Monat lang
gefährlich verhäfft gelegen/ vnnd
weilen

weilen die Medici seines Lebens kein
Hoffnung mehr hätten / hat er alle
heilige Sacrament der Kirchen
empfangen / wie er nun in Todtsnöthen lage / vnnd ein brünnende
Wachskertzen in der Hand hattete /
auch sein Vatter / der jhme zu spra-
che / zugegen / befihlet er sich mit aller Andacht dem H. Isidoro, trincket von dem Wasser seines Bronnens / welches er zuvor jnständiglen
gehrt hatte / entschlaffet alßbalden
darauff / vnnd schwitzet bey zwo
Stund lang / erwachet dann widerumb / ist von obgesagten Kranckhei-
ten gantz ledig / also / daß er wegen
Schwachheit deß Leibs ohnverhin-
dert / zumahl von dem Bethaus
hätte auffstehen kün-
den.

ℤ (o) ℤ

Das

Das XXIII. Capitel.

Vier Personen/ so von einer eingefallenen Mawer vndertruckt/ vnd hart verletzt/ werden wunderbarlicher weiß curiert vnd gesund.

BAlthasara Ortiz deß Christophori Rocca Ehefraw/ wohnhafft zu Madrit/ damals schwanger/ wurde sambt ihren drey Kindern/ vnd Magd/ von einer alten Mawer/ so auff sie alle gefallen/vndertruckt/ vnnd schwerlich verletzt/ vnd insonderheit der besagten Balthasara Haupt also sehr beschädigt/ daß man in derselben Hirnschal wol ein Faust hätte mögen einlegen: diser so leidige vnnd trawrige Zustand/ verursacht nit vnbillich jhrem Ehmann grossen Schmertzen vnd Mitleyden/ darumb er vnverzüglich der Begräbnuß deß H. Isidori zugeeylet/ dises sein elendes Hauß▪

Haußgefindlein also vbel zugerichtet/
vnd nach der Artzten Erachten / gar
in äusserster Lebens-Gefahr / mit
höchster Andacht vnnd Eyfer dem
Heiligen befohlen ; da sihe / vb..
stund an wird sein Gebett erhört /
dann als er widerumb henab kommen / hat er merckliche Besserung
gespürt/ vnd zwar also/ daß folgenden Tag darauff Weib vnnd K..
der / ohn einige Menschlich..
vnd Zuthun/ aller Gefahr....
vnd gesund worden. Nach....
Balthasara nach letlich Mona../
Kind auff die Welt geboren / ....
ches 3. Wochen hernach gelebt/ ..
man auff desselben Kinds Häupt..
lein 3. Wunden/ iede eines .....
groß gefunden / auß deme zu erke..
nen / wie groß vnnd hertzlich die..
Miracul gewesen sey / sonder...
weilen das Kind an dem Hals..
wehe oder Mandel-Ge-
schwär gestor-
ben.

Das

Das XXIV. Capitel.

Ein Kind/ welches von der Geburt her/ mit einem Bruch verhafft/ wird von dem Heiligen wunderbarlich geheylet.

Ein Knäblein von vier Jahren/ deß Dominici Gavirundo Söhnlein/ hatte von der Geburt an einen Bruch/ als demals kein Menschliches Mittel ersprießen wöllen/ hat sein Mutter jhne andächtiglich dem Heiligen befohlen/ vnd neun Tag an einander das Grab deß Heiligen zubesuchen angelobt vnd versprochen/ auch allbereit solches zuverrichten angefangen/ vnd ein Meß lesen lassen/ wird das Knäblein vmb vil besser auff/ vnnd hatte sie die neun Tag zum End gebracht/ ist das Kind zu völliger gewünschter Gesundheit

D ge-

gelangt / als hätte es nie kein Anligen gehabt.

Das XXV. Capitel.

Ein Wagen mit achtzehen
Personen beladen / wird von
Gehem gefährlichen Abfall
erhalten.

JN deme etliche Männer /
sambt ihren Weibern vnd
Kindern / bey achtzehen in
allem / widerumb von der Einöde
deß H. Isidori auff einem Wagen
samentlich nacher Hauß fahreten /
vnd zu einem sehr gähen Orth kommen / hat der Wagen angefangen
mit einem solchen Gewalt gegen
Thal zugehen / daß der Fuhrmann
disem keines wegs wuste noch kundte vorkommen / noch weniger die
Maulthier innhalten ; daher ein
so augenscheinliche Gefahr / in der
sie waren / allen ein grosse Forch
vnd

vnd Schrecken verursacht / Alßbald aber. sie mit lauter Stimm /
einhällig den H. Isidorum angerueffen / vnd vmb Hülff gebetten / wird
der Wagen wunderbarlicher weiß /
nechst bey dem Orth deß Abfalls /
erhalten. Das ein Maulthier war
zu Boden gefallen / das ander / weilen es ob dem Abfall allbereit in den
Lüfften gehangen / vnd dardurch der
Wagen sambt den Personen hätte
künden mitgezogen werden / haben
sie die Strick / an denen es gehangen / abgeschnitten / vnd es hinun-
der fallen lassen / die Personen also
vnverletzt / vnd ohne fernere Gefahr alle darvon kommen / vnd gnä-
diglich errettet worden / deßwegen
sie GOtt vnd dem Heiligen
vnendlich gedan-
cket.

Das XXVI. Capitel.

Ein Jüngling wird von gefährlicher Kranckheit vnnd Mandel-Geschwär von dem Heiligen erlediget.

ARianus, ein glückseliger jüngling bey sechzehen Jahren/ wurde mit dem Halßwehe/ vnnd drey vergifften Pestilentzischen Geschwären an dem Halß sehr hefftig geängstiget/ daß er nit allein weder Speiß noch Tranck niessen/ sondern auch die Red nit herfür bringē kündte; demnach er allerhand Mittel vnd Artzney (doch vmbsonst) von vier Medicis angenommen/ vnd gebraucht/ hat er sich endlich mit Andächtigem Hertzen gegen Gott vnd dem H. Isidoro gewendet/ begehret schrifftlich (weilen er Mündlich nit kundte) die Bildnuß deß Heiligen/ welche/ als ihme dargereicht wurde/

de / hat ers mit groſſer Andacht ge-
kuſſet / vnd mit wainenden Augen
vmbfangen / darauff er gleich ent-
ſchlaffen / vnd drey Stund darmit
zugebracht : als er aber widerumb
erwacht / hat er ſich vmb vil beſſer /
gleich wie jhme der Heilig im Schlaff
geſagt hatte / befunden / vnd in kürtze zu voriger ſeiner gewünſchter Geſundheit gelangt.

Das XXVII. Capitel.

Ein Kind / ſo altbereit in
letzten Zügen / wird durch Fürbitt deß Heiligen aller Kranckheit vnd Gefahr erle-
diget.

Alphonſus ein vierjähriges
Knäblein / deß Franciſci ſant
Ander Sohn / war wegen ſtätem
Fieber / vnd Blutfluß zugleich / nach
Erkandtnuß der Artzten / in äuſſer-
ſte Lebensgefahr gerathen / darum-
D 3   ben

ben der Vatter auß Liebe bewögt/
dem Grabdeß H. Isidori zugangen/
mit jnnerſter Andacht ſeines Her-
tzens/ ſein kranckes Söhnlein ſeuff-
tzend vnd weinend dem Heiligen befohlen; daß er jhme bey GOtt das
Leben erlange vnd erhalte/ hat auch
zugleich etliche Meſſen leſen zulaſ-
ſen/ vnd das Knäblein zu ſeinem
Brunnen zutragen/ angelobt vnd
verſprochen/ auff diſes ſo anmütti-
ges vnd hertzliches Begehren/in deme er zuverharren/ auch ehender
nicht auß der Kirchen zugehen/ jhme fürgenommen/bittet den Meß-
ner/ er wolle in ſein Behauſung
gehen/vnd erforſchen/ob ſein Kind
lebendig oder todt wäre/ da ſihe
wunder zu/ ehe beſagter Meßner zu
dem Hauß kommen/ lieffe deß Al-
phonſi Bruder mit groſſer Frewd
gegen jhme/ ſagte/ er müßte auß
Befelch ſeiner Mutter/ den Vatter eylends holen/ dann mit Al-
phonſo ſeinem Bruder ſtehe es gar
wol

wol/ vnd ſeye geſund/ vmb welches
wegen der Vatter GOtt vnd dem
H. Iſidoro höchlich gedancket/ vnd
als er heimb kommen / jhne friſch
vnnd geſund gefunden/ deſſen ſich
inſonderheit der Artzt / der jhn cu-
rierte/ auffs höchſt verwundert.

Das XXVIII. Capitel.

Ein anderer wird durch das Waſſer deß Heiligen von tödtlicher Kranckheit erlediget.

AVguſtinus della Fuente Do-
ctor vnd Advocat zu Madrit/
lage an einem ſehr hitzigen vergifften Fieber/ vnd andern ſchädlichen
Zuſtänden/ tödtlich kranck / das
Menſchliche Hülff/vnd von Artzten
vorgeſchribnen vilerley Mittel nit
erſprieſſen wöllen : Als er aber von
obgeſagtem Bronnen ein wenig
Waſſer begehrt/ vnd deſſen nur ein

D 4   we-

wenig gesupffet (dann ers sonsten
anderer Gestalt / wegen Leibs-
schwachheit vnnd vblen Standts /
darinn er sich befande / nit einnemmen künden) sich darauff mit andächtigem demütigen Hertzen dem
Heiligen befohlen / ist er alßbald deß
Fiebers / vnd aller Schmertzen loß
vnd ledig worden / darüber dann die
Modici sich sehr verwundert / vnd
entsetzt / Gott vnd den Heiligen /
augenscheinlichen Wunderzeichen
halber / gelobt vnd geprysen.

Das XXIX. Capitel.

Ein Hofdiener / weilen er
wider den H. Isidorum ver-
ächtliche Wort außgegossen / wird
gähling mit grossem Schmertzen geängstiget.

JNder deß Königs auß Hi-
spania Hofgesind / wnno
auch einer mit Namen Fer-
dinan-

dinandus Santus , diser hörete zu
Madrit / von vilen augenscheinlichen Wunderthaten reden/die Gott
der Allmächtig/durch die Verdienst
vnd Fürbitt seines lieben vnnd getrewen Dieners Isidori würckete/
zu welchem allem er allein lachete/
vnd achtete es gering / auch sagen
dörffen ; wann Isidorus Adelichen
vnd stattlichen Herkommens / oder
sonsten ein vorneminer Herr vnnd
Rittersmann geweßt wäre / dann
so wolte ichs glauben/ was von jhme gesagt wird/ aber weil er nur ein
armer einfältiger Ochsentreiber
vnd Bawersmann gewesen / kan
ichs keines wegs glauben: Kaum
hatte er so lästerliche Wort außge-
redt / da wird er vnversehens von
grewlichem Schmertzen vñ Schrecken / neben tödtlichen Ohnmäch-
ten / ergriffen vnd vberfallen / auß
welchen er gleich erkandt / daß dises so grosse Vbel vnnd Vnglück
auß seinen frevelen außgegossenen

D 5 Re-

Reden allein herrühre vnd entstehe /
ist derwegen in sich selbsten gangen /
vnd mit grosser Berewung begehrt /
man solle jhn zum Grab deß Heiligen tragen / alldorten er GOtt vnd
seinen heiligen Diener mit Vergies-
sung der Zäher vmb Verzeyhung
gebetten / vnd darauff seiner vorigen
Gesundheit zugestellt worden.

Das XXX. Capitel.

Ein Priester wird zum drittenmal von tödtlicher Kranckheit erledi-get.

HErr Licentiat Petrus di San-
tiago, Priester zu Madrit /
demnach jhme die wahre Er-
fahrnuß zuerkennen geben / wie
nemblich er zum andernmal schon /
durch Anrueffung dises Heiligen /
vnd Gebrauchung seines Wassers /
von tödtlicher Kranckheit wunder-
bar-

barlicher weiß erlediget seye worden / wurde er abermalen mit vnheylsamer Kranckheit / die gar den Medicis vnbekandt / vberfallen / welche jhn also zugericht / das nichts als Haut vnd Bein vmb jhn mehr ware / da er also von 3. Monat her verspürete / daß jhme durch keinerley Medicin, oder natürliche Mittel / kundte geholffen werden / wendet er sich zu dem H. Isidoro, trincket von seinem Wasser / erwirbt alßbalden nach vollendem seinem flehentlichen vnd eyferigen Gebett / sein vorige gewünschte Gesundheit / auch folgenden Tag darauff / mit höchster Verwunderung der Artzten / von dem Beth auffgestanden / vnd sich zur Einöde vnd Brunnen deß Heiligen verfüget.

✿✿✿✿✿✿✿✿✿✿✿
✿✿✿✿✿✿✿✿✿✿✿

Folgen vil andere Wun-
derzeichen / die GOtt durch
Fürbitt vnnd Verdienst deß
H. Isidori gewür-
cket.

Ein Edle Jungfraw / auß
der Königin Isabellæ, Kö-
nigs Ferdinandi auß Hi-
spanien Ehegemahlin / Frawen-
zimmer / als sie einen Finger von
dem H. Leib genommen/hat sie darmit auff kein weiß noch weg / auch
nicht durch anderer Hülff kunden
auß der Kirchen kommen/noch weniger sich von dem Orth / da sie
stunde / ehender bewegen / sie hätte
dann zuvor/durch Ermahnung der
Königin / den Finger widerumb
von ihr / an sein gebührendes Orth
geben vnd abgelegt / welcher heutigs
Tags

Tags in einem blaw daffeten Se-
ckel / neben dem H. Leib auffbehalten wird / ich halte gänßlich darfür /
das eben dergleichen mit dem Arm /
welcher auch neben dem H. Leib in
der Sarch abſonderlich liget / fürge-
loffen ſeye ; obwolen ſich in den
Proceſſibus deſſen kein Vrſach oder
einige Meldung gefunden / welches
doch / wegen vile der Jahren / kein
Wunder.

Ein Mohr / der ſich auff deß Him-
mels Lauff verſtunde / ſahe einsmals / daß deß H. Iſidori Leib herauß geſtellt wäre / wegen Abgang
deß Waſſers / vnnd vberauß groſſe
angefallene dörre der Erden / welche
ſeinem Gedüncken vnnd Erachten
nach / lange Zeit wehren ſolte / darumb er verſprochen / den Catholi-
ſchen Glauben anzunemmen / wann
es ſelbigen Tag regnen wurde /
vnd im Fall er diſem ſeinem Ver-
ſprechen innerhalb 8. Tagen nicht
nachtäme / ſolte man ihn mit einem

Dol-

Dolchen durchstechen / aber ob es
schon eben selben Tag reichlich vnd
vberflüssig geregnet / hat sich doch
der Mohr nit bekehrt / derentwegen
er (deß sich zuverwundern) an dem
achten Tag / mit einem Dolchen ge-
tödtet worden.

Vilmalen ist ob deß H. Isidori
Grab / Himmlische vnd Englische
Music gehört worden.

Die Amplen / so bey seinem Grab
herumb hiengen / wurden zum öfftern wunderbarlicher weiß / von
Himmlischem Liecht angezündt.

Alphonsus, Königin in Hispania /
solte einmal mit dem Feind schar-
mützieren / als aber er sich an einem
gefährlichen Paß vnd engen Orth
befande / vnnd keines wegs dem
Feind / der ihme starck zusetzte / zu
entrinnen wuste / da erscheinet ihme der H. Isidorus, zeiget ihme einen Weg / durch welchē er sein gantz
Kriegs-Heer auff ein weit gelege-
nes Orth glücklich geführt vnd gebracht /

brächt/ vnd darauff verschwunden.
Es hat auch der König selben nam-
hafften Sig / vnd Victori, welche
De las Navas de Tolosa genandt
wird/ erhalten / bey der zweyhun-
dert tausend Mohren vmbkommen/
nit mehr aber als fünff vnd zwain-
tzig Christen/darumb der König die
Bildnuß deß Heiligen / groß von
Silber auffrichten lassen / welche
nachmahlen zu Auffbawung der
Kirchen verschmeltzt worden.

Als offt Mangel oder Abgang
an Wasser/ vnd grosse Trückne vnd
Dürre der Erden angefallen / nach
heraußstellung deß heiligen Leibs /
ist zu jederzeit von GOtt durch die
Verdienst seines H. Dieners vberfluß an Regenwasser erhalten wor-
den/ vnd solches noch auff den heutigen Tag erhalten wird.

Ein Knäblein/ so schon mit todt
abgangen/ nach dem es von seinen
Eltern zum Grab deß Heiligen ge-
tragen/ ist von stund an von GOtt
erweckt worden.　Ein

Ein Fraw lage an dem Blutfluß
verhafft / alßbald sie den Teppich /
darein der Leib deß Heiligen gewickelt gewesen / anrühret/erlangt ihre vorige Gesundheit.

Vier andere Krancken stunden
in äusserster Gefahr ihres Lebens /
kommen aber durch Anrührung deß
Teppichs / alßbald zu gewünschter
vnd vollkommentlicher Gesundheit.

Ein Blindgeborner / neben
neunzehen andern Blinden / wurden bey deß Heiligen Grab erleuch-
tet/vnd ihre Augen geöffnet.

Vier Gichtbrüchtige / seynd
durch Fübitt deß H. Isidori gesund
worden.

Ein Stummer / weilen er das
Grab deß Heiligen besucht/vnd sich
ihme demütiglich befohlen / erlangt
die Red.

Ein anderer / der an allen Glie-
dern krumb vnd lahm/wird auff einem Esel von sechs Männern zum
Grab deß Heiligen geführet vnd be-
glei-

gleitet/erlangt gestracks völlige Gesundheit.

Petrus Garcia, wár für einen
falschen Müntzer erkandt / gefänglich eingezogen / vnnd vnschuldiger
weiß zum Todt verurtheilt / als er
aber sich dem Heiligen trewlich befohlen / ist er ihme in der Gefäng-
nuß erschinen / vnd die Tröstung
geben / daß er nachfolgenden Tag
erlöst werden solle / wie dann auch
beschehen.

Habella Tellez, demnách sie sieben
Jahr lang Gehörloß gewesen / be-
suchet das Grab deß Heiligen / er-
wider ihr Gehör vollkommentlich.

Ein Türckischer Leibeigner / mit
Namen Mamete, ward dreymahl
in einer Nacht von dem Heiligen/
mit grossem Schein vnnd Glantz/
vmbgebe/beruffet vnd zum Christlichen Glauben ermahnt. Darauff
er folgenden Tag den H. Tauff empfangen.

Andreas de Cuellar , voll deß
Auß-

Außsatz/weilen ihn sein Vatter mit
dem Waſſer deß heiligen Brunnens abgewaschen / iſt er von ſelbi-
gem Augenblicklich gereiniget vnd
geſund worden.

Franciſcus de Cuellar, deß obbe-
ſagten Andrea Sohn / ware neben
ſtätem Fieber/ vnnd andern vnderſchidlichen Zuſtänden / auch mit
dem Rothlauff gefährlich verhafft.
Alßbald aber der Teppich/ darinn
deß Heiligen Leib gewickelt gelegen/
auff ihn gedecket : iſt er aller Gefahr vnd Kranckheit ledig vnd loß
worden.

Donna Major de Eſpinoſa, als
ſie wegen eines Mandelgeſchwärs
vnd Halßwehe/ dem Todt zunahete/
daß die Artzt ihr nur vier Stunde
deß Lebens mehr ſchätzten / hat ſie
ſich mit groſſer vnd hertzlicher Andacht vnd Glauben dem Heiligen
befohlen / darauff augenblicklich
das Geſchwär in ihr eröffnet/ vnd

zu volkommentlicher Gesundheit kommen.

Herr Laurentius de Vargas, Ritter von S. Jacob / so an dreytägigem Fieber / vnd andern vblen Zuständen / kranck lage / Alßbald er sich der Bruderschafft / so zu Ehren deß Heiligen auffgericht / einverleiben lassen / vnd sich von Grund deß Hertzens ihme befohlen / hat von stund an das Fieber vnnd böse Kranckheit nachgelassen / vnd völlig verschwunden.

Der Hochwürdig in Gott Herr / Herr Caspar de Chiroga, Cardinal vnd Ertzbischoff zu Toleto / Hochseliger Gedächtnuß / lasset bey deß Heiligen Begräbnuß ein Wachskertzen anzünden / wird zur stätt von dem Schlag vnd Gewalt GOttes erlediget.

Ioannes di Domenico, auß der Statt Cordoua gebürtig / als er bey den Mohren gefangen / vnnd starck gebunden lage / ist er von dem H. Isi-

H. Iſidoro, der jhme erſchinen/ auf-
gelöſt vnd erlediget worden.; weilen
er aber nachmalen ſeinem Gelübd
gemäß / das Grab deß Heiligen zu
beſuchen vnderlaſſen / iſt er widerumb leibeigen vnnd gefänglich ein-
kommen ; Hat derwegen den Heiligen vmb Verzenhung gebetten /
vnd darauff wie zuvor / von jhme
die Freyheit vnnd Entledigung er-
langt/ vnd bekommen.

　Einsmals erſchine der H. Iſidorus einem ſeiner Liebhaber/ vnd erlediget jhn von einem erſchröckli-
chen Teuffel/der jhn erwürgen/vnd
in die Hölliſche Flamm/ wegen einer Todtſünd / in der er ſich befan-
de/ ſtürtzen wöllen / darumb er folgenden Tag in der früh / auß Ermahnung deß Heiligen / ſein Sünd
dem Beichtvatter entdeckt/vnd zur
ſelben Stund berewet ; Eben dergleichen hat ſich mit einem andern
(der ſonſten auch dem Heiligen in
der Andacht befohlen.) zugetragen.
Noch

Noch einem andern/an deme die
Medici vnd Artzt desperiert/vnd seines Lebens kein Hoffnung mehr
hatten/ er darumb die heiligen Sacrament alle schon empfangen / in
der Nacht / da er den Geist auffge-
ben solte/ erscheint ihme der heilig
Isidorus, deme er sich zuvor trewlich vnd andächtiglich befohlen hatte / bringt ihme vorige gewünschte
Gesundheit wider.

Ein Fraw / die an Händ vnnd
Füssen erkrümmet / wird kaum zu
dem Grab deß Heiligen getragen /
allda sie sich ihme mit Andacht be-
fohlen/ erlangt vollkommentlich ihr
Gesundheit.

Eben auch einer Frawen / die
auff der rechten Seyten also erlahmet vnnd erkrummet/ daß sie auff
den Füssen weder stehen noch gehen
kündte/ als man sie zur Einöde deß
Heiligen getragen / vnnd mit dem
Wasser gewäschē/ ist augenblicklich
ihr die Gesundheit ertheilt worden.

Ein

Ein Bawersmann hatte von einem Ritter Geldt auff die Hand
vorein empfangen / mit Verspre-
chen / ihme ein gewise Zeitlang zudienen / vnd daß er solches halten
wölle / so setze er ihm den H. Isidorum zum Bürgen ein / als er derwegen auff ein Zeit von dem Dienst
weichen / vnd ablassen wolte / vnnd
vngefehr bey der Kirchen deß heiligen Andreæ vorüber gienge / ware
ihm nit mehr müglich / von derselben Kirchen zukommen / biß daß
er endlich das Wunderzeichen er-
kennt / vnd mit grosser Berewung
sich widerumb zum Herzen begeben /
deme den ganzen Verlauff erzehlt /
vnd sich ihme die Zeit seines Lebens
zudienen anerbotten.

Ein Mann wurde von dem Po-
dägra sechs Monatlang ohn vnderlaß gepeynigt / daß er sich weder
bewegen / noch von dem Beth auffrichten künden / alßbald er sich aber
dem Heiligen befohlen / hat er eu-
sol-

solche Besserung vnd Linderung deß
Schmertzens empfunden / daß er
(wiewol mit schwerer Mühe / vnd
von anderer geleister Hülff) zur
Einöde deß Heiligen außzugehen /
vermöcht / alldorten das Wasser deß
Heiligen getruncken / vnnd völlige
Gesundheit erlangt / auch von dergleichen Kranckheit die Zeit seines
Lebens nit mehr angefochten worden.

Zwo gebärende Frawen seynd
durch Trinckung deß H. Wassers
von gefährlichen vberfallenden Ge-
burtsnöthen vnd Schmertzen erlediget worden / vnd mit Frewden geboren.

Zwo andere Vnfruchtbare
Frawen / haben durch Fürbitt deß
Heiligen / Kinder erlangt / deren eine zwey vnd zweintzig Jahr lang /
vnfruchtbar gewesen.

Francisca von Herrera, ware ein
gantzes Jahr lang mit der Wasser-
sucht also sehr verhafft / daß sie an-
juse-

zusehen/ erbärmlich/ vnd deßwegen
vnaußsprechlichen Schmertzen er-
litte / Als sie vermerckte / das
Menschliche Hülff vnd Mittel gar
nicht erspriessen wolte / vnd auch
von den Medicis für vnheylbar gehalten / hat sie sich zu deß heiligen
Isidori Einöde führen lassen/ allda
das Wasser getruncken / vnd sich
mit eyferiger Andacht dem Heiligen
befohlen / hat von stund an ire
Schmertzen in vilem abgenommen/
vnd innerhalb fünff oder sechs Tagen zu vollkommentlicher gewünschter Gesundheit gelangt.

Ein Knäblein von zehen Jahren/
Christophorus de Acoa genannt/
der obgedachten Frawen Francisca
von Herrera, Ehlichs Kind / ist
durch langwirige Kranckheit in ein
veraltes Fieber vnnd Ettick gera-
then/vnd darinn vier Monat lang
verharret / daß alle Medici, solcher
Kranckheit zuhelffen vnd zu reme-
diern weder Mittel /. noch einige
Artz-

Artzney mehr gewuſt. Als aber der
Knab vorher von ſeinen Eltern den
Namen deß Heiligen nennen, hö-
ren / hat er im Schlaf zum öfftern
alſo auffgeſchryen / Vatter / deß
Waſſers deß H. Iſidori, vnnd eben
in ſelber Nacht / als er erwacht / widerumb an ſeinen Vattern begehrt /
daß er ihn zur Einöde deß heiligen
Iſidori führete / ab welchem ſein
Vatter ſich verwundert / vnd den
Knaben zu beſagter Einöde alßbalden getragen / ihme von dem Waſſer / neben andächtiger Anbefeh-
lung / zutrincken geben / darauff der
Knab augenblicklich deß Fiebers
abkommen / vnd vom ſelben Tag an /
biß anjetzo / friſch vnd geſund verbliben. —

Iſabella Soriana, ware am gerechten Fuß aller erlahmet vnd er-
trummet / welches ihr dann vnſäg-
lichen Schmertzen vnnd Peyn ver-
vrſachete / nach dem ſie ſich auß Ermahnung ihrer Mutter / dem Hei-

E   ligen

gen befohlen/ wird von ſtund an geſund / als aber nach etlich Tägen
ſie zur Schuldigkeit / die ſie gegen
dem Heiligen / wegen empfangner
ſo groſſer Wolthaten/truge/von ihrer Mutter ermahnt worden / hat
ſie geantwortet/ die Geſundheit habe ihr Gott wider gebracht/ und nit
Iſidorus , der noch nit für Heilig
erkandt/ da ſihe wunder zu/ innerhalb wenig Tagen / erkrümet ſie
an beeden Füſſen/ und gantzen un-
derſten Theil deß Leibs/ daß ſie ſich
gar nit rühren könden. Als aber
die ſchwere der Kranckheit ihr Ver-
ſtandt und Vernunfft gegeben/und
ihren Frevel erkennte / hat ſie den
Heiligen vmb Verzeihung/ und
vmb ihr vorige Geſundheit gebe-
ten/ welche ihr dann widerumb mit
groſſer Verwunderung aller deren/
den ſolches bekandt/ alßbalden völlig ertheilt worden.

Einsmals ſolte man die Ochſen/
mit der/ der H. Iſidorus die Ochſen
zunt

zum Ackern antribe/an ſeiner außgehawenen Bildnuß widerumb verſilbern/vnd zu dem End in deß Chriſtophori Vrgel Behauſung allbereit getragen worden/Als die Mngd beſagte Gerten zu Auffrichtung eines Bechs gebrauchen walten. Hat ſie ſolche keines wegs bewegen/noch von der Mawer/an der ſie geleinet/nemmen künden/Alß ſolches dann der Haußherr diſe mit Andacht vnd Ehrerbietung in die Hand gefaſt/ſie gekuſſet/vnnd an ein anders ſicherers Orth abgelegt.

Die Catholiſche Königl. Mäjeſtät/Philippus der Dritte/hochſäligſter Gedächtnuß/befande ſich mit ſchwerer vnnd gefährlicher Kranckheit behaffe/weilen aber ſie den Leib deß H. Iſidori mit groſſer Solennitet vnnd Beglaitung/an das Orth Caſarrubios genandt Calva Ihre Mayeſtät ſich in Widerkehrung von Portugal befanden)

brin-

bringen laſſen / haben ſie zur ſelben
Stund deß Schmertzens merckliche Linderung empfunden/ vnd als
ſie zu vollkommener Geſundheit in
kürtze gelangt / haben ſelbe Paulo
dem V. hochſeligſter Gedächtnuß/
mit eigner Hand zugeſchriben /
auff ein newes vmb die Canonization angehalten / ſich dardurch wegen ſo groſſer empfangner Gutth-
ten danckbar gegen dem Heiligen
zuerzeigen / auch in ſolchem der Andacht ſeiner Vorfahrer/ vnd zufor-
deriſt der Königl. Majeſt. Philippi
deß Andern Fraw Mutter nachzu-
folgen/ welche mit hefftigem Fieber
gleichförmig beſchwert lag/ als ſie
aber von dem Bronnen deß Heiligen Iſidori getruncken / vnnd ihr
darauff die gewünſchte Geſundheit
erfolgt/ hat ſie die Capell vnd Einöde / ſo ob dem Bronnen deß Heiligen erbawt/ zur Danckſagung er-
weitern / vnnd von newem auffer-
bawen laſſen.

Vn-

Vnter so vilen vnd gleichsamb vnzahlbaren Miraculn vnd Wunderzeichẽ/die Gott der Allmächtig durch die Fürbitt seines H. Dieners gewürckt/ hat mich für gut angesehen/dise allein kürtzlich zuerzehlen/ dann er vnaußsprechlich vil Krancke/von allerley Schäden/Kranckheiten/ vnd andern Vblen erlediget/vnd jhnen Gesundheit ertheilt/ wann nembtich dise von dem Wasser deß Bronnens bey der Einöde getruncken/oder sein heiliges Grab besucht / vmb derentwegen die Päbstliche Heiligk. Gregorius der Fünffzehend diß Namens / jhne billich mit Frolockung vnd Jubilierung Allermäniglichen / in die Zahl der Heiligen GOttes gesetzt vnd eingeschriben / den 12. Mertzen/ 1622.

ENDE.

E 3   AV-

AVTHORES,

So von dem Leben deß
heiligen Isidori ge-
schriben.

Ambrosius de Morales in seiner General Chronick deß
Spanischen Königreichs.
Ioannes Basilius im Buch/ so
er nennet/ Flos Sanctarum,
Blum der Heiligen.
Alphonsus Villegas, im dritten Theil seines Buchs/
welches er auch Blum der
Heiligen nennet. Item/in
seinem Buch/ Fructus, oder
Frucht der Heiligen ge-
nannt.
Ioannes Mariettus in seiner Ge-
neral=Histori deß Spani-
schen Lands. Pe-

Petrus Sanchez der Societet Iesu Priester / in seinem
Buch / vom Reich Gottes.
P. Ludovicus de Serna der Societet Iesu, in seinem Tra-
ctat von der Kayserin Leicht
vnd Begräbnuß.
P. F. Xaime Bleda, Prediger
Ordens.
P. F. Franciscus Pereda, in seinem Buch / daß er Fürspre-
cherin der Statt Madrit
Tituliert.
Lope de Vega Carpio, im Tra-
ctat / welchen er ISIDORVM
von Madrit nennet.
P. F. Franciscus Ortiz, in Flo-
re Sanctorum.
Herr Sanctius de Avila, Bi-
schoff zu Daen in seinem
Buch / von Verehrung der
heili-

heiligen *Reliquien* vnd Ge-
bein.

Ein Predig von *freyer Hand*
geschriben/die der Wohleh-
würdige *P. Peter Thomas*
Capuciner-Ordens bey
Kirchen deß H. *Andreæ* am
Fest deß H. ISIDORI gehal-
ten/ auch wird darneben ein
vraltes Buch ebenfalls von
freyer Hand / durch *Ioan-
nem Diaconum* von dem Le-
ben deß H. ISIDORI auff
Pergament beschriben/auf-
behalten.   M·

Gedruckt in der Chur=
Fürstl. Haupt=vnd Re=
denk=Statt

München/

Bey Johann Wilhelm Schell/
Im Jahr Christi/

M DC. LX.